Fractura Primaria
Roxana Landívar © 2020
Publish in agreement with Corredor Sur Editores

Edição: Felipe Damorim e Leonardo Garzaro
Arte: Vinicius Oliveira e Silvia Andrade
Tradução: Camila Assad
Revisão: Carmen T. S. Costa e Lígia Garzaro
Preparação: Ana Helena Oliveira

Dados Internacionais de Catalogação na Publicação (CIP)
(Câmara Brasileira do Livro, SP, Brasil)

L257

Landívar, Roxana

Fratura primária / Roxana Landívar; Camila Assad (Tradução).
– Santo André - SP: Rua do Sabão, 2023.

Título original: Fractura primaria

84 p.; 14 x 21 cm

ISBN 978-65-86460-87-2

1. Poesia equatoriana. I. Landívar, Roxana. II. Assad, Camila (Tradução). III. Título.

CDD Ar860

Índice para catálogo sistemático
I. Poesia equatoriana
Elaborada por Bibliotecária Janaina Ramos – CRB-8/9166

Editora Rua do Sabão
Rua da Fonte, 275 sala 62B - 09040-270 - Santo André, SP.

www.editoraruadosabao.com.br
facebook.com/editoraruadosabao
instagram.com/editoraruadosabao
twitter.com/edit_ruadosabao
youtube.com/editoraruadosabao
pinterest.com/editorarua
tiktok.com/@editoraruadosabao

FRATURA PRIMÁRIA

Roxana Landívar

Traduzido do espanhol
por Camila Assad

P

A Gabriel García Uscocovich

Uma chama que queima tudo

O que significa algo que se quebra? Um objeto, um corpo, um ser no mundo que se rompe, se desintegra, cinde em dois. Significa, talvez, que esse algo deixa de ser unidade e estrutura sólida e fechada, para se mostrar em sua total fragilidade, ficar exposto a todas as formas de afetos e dores. Significa que esse algo foi atravessado pela veemência de um acidente ou de uma violência; uma violência que se exerce sem medida, sem medo de consequências ou danos. Roxana aborda neste livro a fratura como um gesto de abertura ao mundo, consciente de que isso é fundamental, porque o que está fraturado passa a se mover, a respirar. A fratura traz a certeza de que nada vai ser como era antes, que o mundo muda e que mudamos com ele. A partir desse cenário, pode-se dizer que um corpo fraturado é um corpo vivo e disposto.

Fratura primária, a primeira coleção de poemas da poeta equatoriana, propõe uma reflexão sobre qual o significado da escrita como um gesto de ruptura. Enquanto um gesto primário, o que é posto em causa no poema é a própria identidade da autora. Ao romper consigo mesma, com a pessoa que cresceu no núcleo de uma família ou qualquer outra instituição, o que se segue é a abertura da vida, em sentido amplo, ao nomadismo como estado que repele todas as formas de controle social.

Roxana trabalha o renascimento na poesia e através dessa, traçando para si uma nova identidade, que refuta a criação dada pela mãe em versos como:

> "Mãe, não vivi a vida como você queria/
> Fui seduzida pelas manchas mais terríveis"

O novo mapa afetivo é transportado inevitavelmente para longe da casa dos pais, para longe da pátria nativa, arrastando-se no desterro com a moral afetada. A proposta de Roxana, no entanto, transcende a mera enunciação da ruptura com a família, e num ato de profunda honestidade diz, em outro poema, aquele que abre esta coleção, o que a poesia realmente significa para ela. Ela o profana e ao mesmo tempo lhe dá um novo valor:

"Não vou mentir/ escrever não me salva/ é apenas um leve grito/ uma pequena pausa/ e na maioria das vezes/ uma absurda/ repetição da dor."

A poesia não a salva; constitui apenas a repetição feita de um sentimento concreto: a dor. Quando o eu poético sustenta que a poesia é "uma repetição absurda da dor", dá ao poema uma qualidade performativa e, portanto, torna-se lugar da constituição melancólica da poeta.

Fratura primária é dividido em três partes. Em cada uma há citações de três autores, como Lautréamont, Pound, Kafka, Pizarnik, Peri Rossi, Lorde, Woolf, Gouiric e Vincent Millay. Essa comunidade nos diz algo sobre a autora em seu papel de leitora e sobre como ela tem sido capaz de identificar a dor – ou qualquer outro sentimento ou ideia – não como uma experiência privada ou íntima, nem mesmo uma experiência que aparece repetidamente nas páginas do seu próprio livro, mas como experiência de todos.

De que outra forma explicar o que os poemas causam? Aquela sensação de que suas linhas estão expressando exatamente o que se sente? Este é o ato performativo no qual estamos envolvidos, no qual a leitura nos preenche.

Na parte final, em "Retratos de mulheres quebradas", o eu poético segue procurando a garota que poderia estar "entre as páginas velhas dos livros" e aborda corajosamente a figura da mulher em uma América Latina machista e dilacerada por questões sociopolíticas. Neste livro, o amor nunca é pacífico e nada sai como planejado:

"A polícia chegou// A polícia não me levou para sua casa/ passei a noite em uma cela/ tenho a ficha suja/ tem fotos minhas na internet."

A escrita de Roxana é elástica por seu potencial reflexivo, por visitar o anedótico e abrir-se à intertextualidade. Essas virtudes fazem de *Fratura primária* um livro que não se esgota, uma exploração dos múltiplos caminhos que a poesia pode seguir e revela, ao mesmo tempo, que a jovem poeta está perfeitamente a caminho de alcançar um projeto literário poderoso e de longo prazo.

Camila Assad

FRATURA

Olhando para o espaço na escuridão, amontoados no fundo da minha amada caverna

— Conde de Lautréamont

A aparição desses rostos na multidão;
Pétalas em um galho molhado, escuro.

— Ezra Pound

E ainda assim a esperança

— Franz Kafka

Esclarecimento

Não vou mentir
escrever não me salva
é apenas um leve grito
uma pequena pausa
e na maioria das vezes
uma absurda
repetição da dor

Cartões-postais

Pensei em sair
pelada pela rua
não tenho amigos na cidade
de modo que a polícia me levaria para sua casa

Nosso endereço antigo está no meu RG
então eu coloquei no meu colar e comecei a correr

não foi tão simples
eu tive que correr alguns quarteirões
até que as pessoas ligassem para o 190

A polícia chegou

A polícia não me levou para sua casa
passei a noite em uma cela
tenho a ficha suja
tem fotos minhas na internet

A polícia não me levou para sua casa
você tinha deixado o país

Ser escritora

Anne e Plath competiram pela asfixia
Virginia seguiu as vozes
encontrou um rio
uma, duas, três: elas são enumeráveis

Simone não praticou seu livro
Goldman foi morta pelo exílio
Marceline não suportou seus filhos

Talvez não fosse a demência
com dentes de serra
o que as separou
das profundezas

Quem mais
Quem mais

Nada mal para uma mulher
sem dúvida todas elas compartilham

Quem mais nos toca
O que mais nos toca
a mim
às que vêm

talvez isso termine
encerrando a fila

Morte à musa

Queria ser o fantasma
entre os poetas chorões
queria que meu nome aparecesse
nas noites de bebedeira
e colecionar cada poema
no meu refúgio de lágrimas
mas as musas são apenas instrumentos
me recuso a ser a mãe dos poetas
acariciando suas vidas cada vez que sofrem
o amor é belo porque morre
e não precisa mesmo durar para sempre
mesmo que essa tenha sido a promessa

Greve

Eles quebraram minhas janelas com pedras
os vizinhos estão cansados de mim
e da lixeira na esquina
que está sempre no topo

Eu digo a eles que não posso fazer nada
com todos esses potes
cheio de dias mortos

Ficção

A coisa não melhorou
acontece que eu me levo a todos os lugares
os livros fazem muito estrago
falam sempre de um lugar que já não existe

Não encontrei nada nos cafés
nem debaixo dos bancos nos parques
nem nos lugares onde já havia achado
mas agora eu entendo

Há que se inventar as vidas que não se tem
há que perder o equilíbrio
e se deitar para morrer em qualquer canto

Há que colocar as palavras no papel
se possível pela manhã
com todo o peso do silêncio

Há que parar de quebrar tanto sua alma
não há nada lá fora
nunca houve

Salve, ó pátria

A história do meu país é estranha para mim
sem vergonha, eu admito
Sigo procrastinando faz tempo
a releitura de algum livro de

História
                    do
                              Equador

A verdade é que eu tenho medo
                         das imprecisões
dos falsos heróis
e de que acabe sendo inútil

Sobrecarregada

Os anos seguem sem resposta
isso é o que eu costumo fazer
procurar tensão nos cabos
terror em dias felizes

Hoje foi um vaso
caindo do quarto andar
amanhã serão
os papéis que queimei
os poemas ruins

Toda aquela letra desperdiçada

Os dias retornam
uma extensão do mesmo
uma bomba que detona
e traz tudo de volta

Não quero pegar os pedaços
e montar outras figuras
quero me recriar
neste lugar estrangeiro
longe de tudo

Consequências do confinamento

Um silêncio angustiante toma conta da sala
ouço uivos de lobos que não existem

é este jogo
esta vida abandonada
que encho com qualquer coisa

de mãos
peles
gente

uivos de lobos que não existem

Carta guardada

Mãe, o que escolhi para não voltar a esse lugar
te assustaria
te assustaria minha noite sem rumo
te assustaria ver como é fácil para mim quebrar
tudo

Muitas vezes sonhei que me confesso
aquela Bíblia incrustada na infância me deixou
em pedaços
Eu penso em mim mesma ajoelhada em seu leito
de morte
te dizendo como eu não vivi a vida
nem um pouco como você queria

Mãe, se visse a intensidade
com que circulo por essas ruas
sua angústia se tornaria ainda mais insuportável

O que eu fiz de errado? você diria
O que fizemos de errado?

E meu pai vai se levantar
em uma hora sinistra da madrugada
para rever os ruídos da culpa

Mãe, não vivi a vida como você queria
Fui seduzida pelas manchas mais terríveis

Mãe, não vivi a vida como você queria
e creio que faria tudo de novo

Terremoto

Os escombros enterraram minha infância
a cidadezinha se tornou fantasma
os marcos se encontram perdidos
e a casa com um telhado que não cobre

isso faz de mim uma série
de pequenas demolições
itens de família destruídos
e um lugar que só existe
na memória
mas
talvez sejam incêndios necessários

talvez sejam incêndios necessários
talvez sejam incêndios necessários

Finais abertos

Há mais um lugar
com paredes nuas
sem fotos
sem adornos
sem tintas
e com justa razão

Ninguém suportaria fazer
o mesmo ritual triste
tantas vezes por ano
olhar cada objeto com nostalgia
e prosseguir com cuidado
para colocá-lo em uma caixa suja

Torna-se preferível andar vagarosamente
atirar poucas coisas na mala

Sair

Desocupar quarto após quarto
deixar a casa da família
deixar a casa do amante
deixar a casa dos amigos

Desocupar quarto após quarto
desocupar quartos alheios
desocupar o próprio quarto

CIDADES DE CIMENTO

explicar com palavras deste mundo
que partiu de mim um barco levando-me

— Alejandra Pizarnik

Eu nasci em uma cidade triste
suspensa do tempo
como um sonho inacabado
que sempre se repete

— Cristina Peri Rossi

Of all the art forms, poetry is the most economical. It is the one which is the most secret, which requires the least physical labor, the least material, and the one which can be done between shifts, in the hospital pantry, on the subway, and on scraps of surplus paper. Over the last few years, writing a novel on tight finances, I came to appreciate the enormous differences in the material demands between poetry and prose. As we reclaim our literature, poetry has been the major voice of poor, working class, and Colored women. A room of one's own may be a necessity for writing prose, but so are reams of paper, a typewriter, and plenty of time.

— Audre Lorde

I

eu não sei de aprendizagens
apenas de noites
em que pareço estar curada

II

eu continuo fingindo
viver aqui
e parece
        que a cidade
                conspira

é como se buscasse
todas as maneiras possíveis

de me expulsar

III

deixar o corpo deitado
deixar a sombra em algum lugar
ter diferentes mortes

ter sempre em mente
as ruas quebradas em silêncio

IV

eu continuo escolhendo
esta estranha estadia
que   cada vez
                        se
                                alonga
                                        mais

V

Está tudo tão destruído
(por aqui passou um furacão)

e eu poderia
morrer de rir

VI

a noite virá
trará os nomes esquecidos
a noite virá
trará um poema
de vozes e horror

os anos virão
com suas canções tristes
e eu espero
até lá
ter encontrado
algumas respostas

VII

As noites nesta cidade
se derretem em memórias

Quem eu fui me cumprimenta
da outra calçada
em uma rua de San Telmo

como um gesto
de reconciliação e desaparece

desta vez para sempre

RETRATOS DE MULHERES QUEBRADAS

O primeiro dever de uma mulher escritora
é matar o anjo do lar

— Virginia Woolf

Confie em mim
é possível levantar uma
cidade arruinada.
é possível levantar uma
cidade arruinada.
é possível levantar uma
cidade arruinada.

— Mariela Gouiric

And do you think that love itself,
living in such an ugly house,
can prosper long?

— Edna St. Vincent Millay

O rapto

A menina era amada

A menina cresceu
se transformou em dona de casa

Ela lavou e suas mãos envelheceram
às vezes ela se queimou passando
já não cheira a pinho ou a verão
mas a cloro e a cebolas

A menina é amarga
não há esperança
foi arrancada e usada

Agora não passa de
outra mulher dejeto

Monólogo de alerta

Faltam poucos dias
minha última infância se acaba
já não caminho mais à noite
e me pergunto o que virá

Eu me conformei
isso é autoflagelação
um assassinato de flores
um sentar-se de uma vez
para sempre

Não sou nada além da memória
daquela época
quando eu era livre

Sou uma estranha
a repetição do ato que ordena
eu não sou mais o que eu era

Sou a fera domesticada
a luz arrebatada
o brilho dormido

E talvez um dia desses
eu posso quebrar a gaiola
e me machucar

Mas
finalmente
sair

Horas

Os dias terminam
em uma fumaça vermelha
vermelha de carne murchando
vermelha de céu despedaçado

Os dias passam por mim
como que me zombando
me empurrando
sempre que podem

Eles sabem sobre o tempo
o que eu deixei na outra vida
aquela que eu não escolhi

Me recordam que o tempo lá
não parou

Voltar é perder
ficar é perder

E é melhor eu nem me mexer

Reminiscência

Odeio minha verdade
eu a esqueço de propósito
para confundir as memórias
faço com que se misturem
que se choquem e se destruam

Tenho imagens em quebra-cabeça
que não me agradam
mas que doem menos

Apesar de ter vivido tão pouco
os eventos não estão em ordem
Eu distingo o vazio e a pena
há uma ou outra lacuna entre os anos

Minhas memórias são quase irreais
elas são o que fiz delas

Velhice

Minha vida acontece

Hoje, ontem
depois
são o mesmo dia

O desjejum pela manhã
o mesmo café
o mesmo prato
a mesma despedida

Eu tenho tudo que eu quero
eu tenho tudo que eu pedi

Eu sobrevivo à tarde
na ponta de cenas passadas
apenas as capas dos livros mudam

Em poucos meses o avião chega
estaremos em outro lugar
onde você poderá me destruir melhor

Aconteça o que acontecer
nós comemos
conversamos
você diz uma ou outra frase
vamos para a cama

Não sei por que nos repetimos tanto
o dia foi tão longo
e no espelho
estou me deformando
minha pele está caindo

Sessenta e sete anos morrendo
e no entanto ainda não percebi

Êxtase

Eu luto contra dias assim
me defronto
eu os separo
nos chafurdamos com golpes

Eu não posso ficar parada
os dias não acontecem como eu quero
eu continuo perseguindo
há mais de um ano
a sombra de uma garota que eu poderia ser

Eu a procuro nas esquinas das paredes
entre as velhas páginas dos livros

Ela vive e sofre em outro lugar
talvez exista sem pedir muito
mas eu me lembro dela como algo perdido
como o êxtase

Ela sou eu
ela é todas
isso eu sei
e não é suficiente

Os dias ainda desaparecem
enquanto eu olho pela janela

Foto de família

As advertências da vovó
foram ignoradas
repetidas
pobre vovó
ela quer se ver em uma e não a deixam

Umas tolas à deriva
ela e eu e sua mãe
e a outra antes dela
atormentadas pela noite
da qual não se pode sair
soluçamos coladas a um canto
para que o orgulho não escute

Depois de tantas horas
já não se espera
depois de tantos séculos
já não há porquê
assim que

Por quê?

A fuga

Me vejo sem emprego
sem país
sem comida

Até o cão-poeta foi embora
eu sinto falta dele agora
ainda que eu não o quisesse

Todos eles foram embora
ninguém avisou
todas as minhas casas estão vazias

Nada além de um espelho permaneceu
de onde ela me olha
me olha
me olha

Carência

Encontrei um velho bloco de listas
eu tenho escrito eles por algum tempo
listas intermináveis
o supermercado
os textos pendentes
essa lista em particular me fez chorar
eu deveria me lembrar com mais frequência
abandonar tanta autodefesa

Havia algumas coisas de que eu precisava
uma mochila para carregar os livros
roupa de baixo que não estivesse surrada
um shampoo sem cheiro de detergente

Risquei cada item com alívio e tristeza
como se enviasse uma mensagem ao tempo
para me dizer que melhora
tudo melhora
pelo menos um pouco

Eu deveria me lembrar com mais frequência
para que as dores não apareçam de repente

Reconstrução

Eu te conhecia melhor em outro momento
ou sendo outra

Você chegou tarde
eu já estou quebrada

Eu não procuro mais abrigos
nem braços que me levem
estou sozinha
estou sozinha

estou bem

Retrato final

Serei a mulher quebrada
serei a mulher sem cabeça
farei os pratos da sua mãe
e sorrirei ao te ver chegar

Vou me masturbar na cozinha
enquanto lavo tuas meias
vou pensar em outros homens
nos que vieram antes
nos que esperam por mim

Me disfarçarei
serei outra
eu vou ser essa comédia
esta armadilha que te aniquila
uma chama que queima tudo

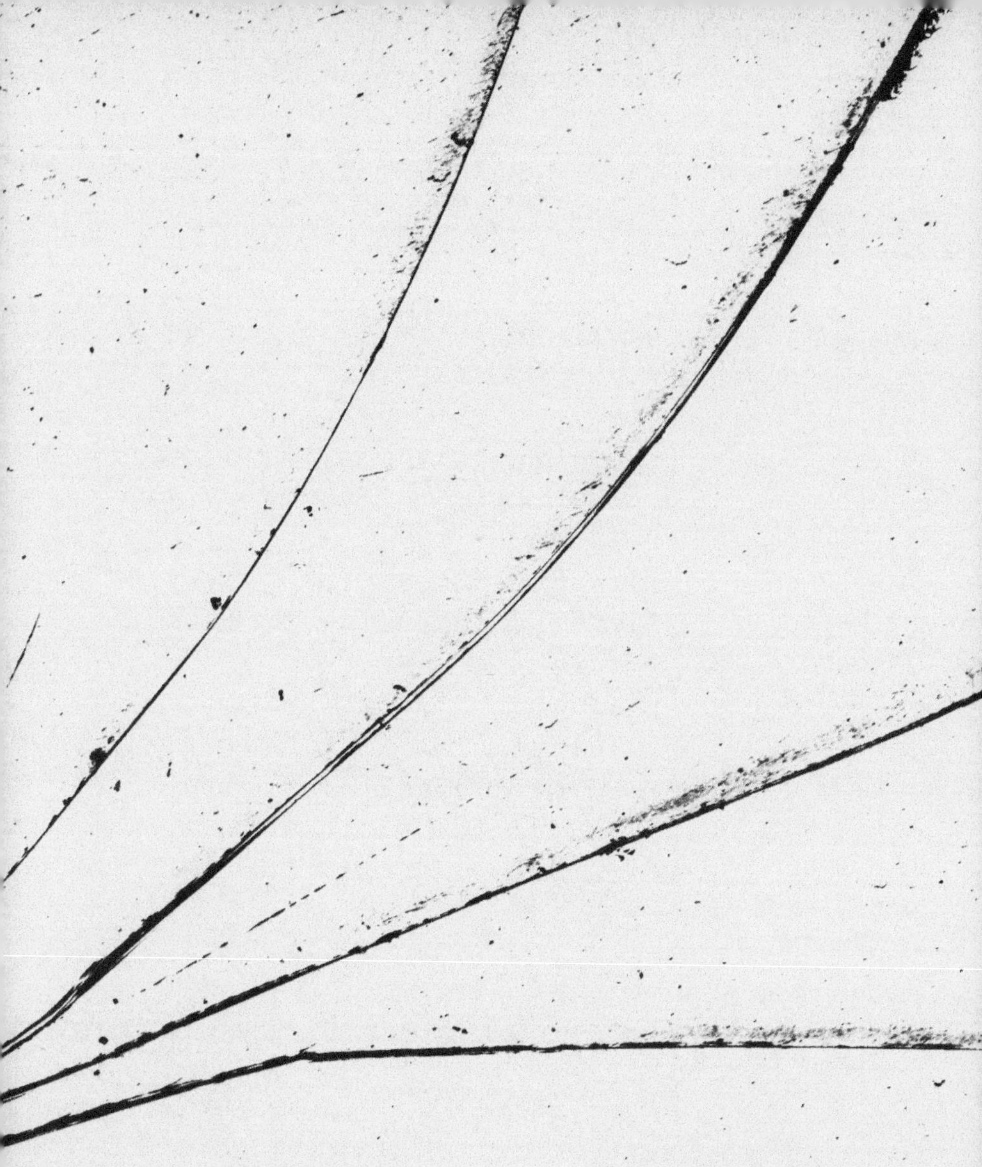

Fonte:
Poppins (título)
Georgia (texto)